Vanda Stoichiță

Două bolduri
și un ac

LETRAS
Scrie. Publică.

Descrierea CIP a Bibliotecii Naționale a României
STOICHIȚĂ, VANDA
Două bolduri și un ac / Vanda Stoichiță. - Snagov :
Letras, 2017-
ISBN 978-606-94144-9-1

821.135.1-31

Ilustrație copertă: Lucia Stoichiță

Carte distribuită de PIAȚA DE CARTE.
 www.piatadecarte.net
email: **office@piatadecarte.com.ro**
 Comenzi la tel. 021 367 5228 // 0787 708 844

Editura Letras
Pentru solicitări de publicare vă puteți adresa editurii, pe mail, la adresa **edituraletras@piatadecarte.com.ro**

1.

N-am să vă dau sfaturi, fiecare sfat de care are nevoie fiecare dintre noi este deja în interiorul propriei fiinţe. Ca şi fiecare picătură de ploaie care este deja formată în interiorul norului, pur şi simplu aşteptându-şi rândul să cadă pe pământ pentru a contribui la creaţie. De aceea fiecare cuvânt pe care îl scriu are un rost deja stabilit dinainte şi un loc bine definit în mintea ta.

*

Domnule ofiţer, credeţi că va ploua astăzi?

Jumătate dintre culorile universului au fost deja aşezate într-o buclă. Aşteptăm să începem dejunul şi să sosească cealaltă jumătate.

Orologiul va suna la ora trei?

Nu ştiu, nu a mai fost demult ora trei.

Cum recunoşti o formă într-o lume confuză?

Şi dacă înţelepciunea nu este cea mai înţeleaptă formă de înţelepciune?

Cum adică?

Pentru a-ţi atinge scopul este nevoie să îţi propui ceva, să îţi formezi un scop, apoi să îl conturezi şi să îl vizualizezi cât mai clar în mintea ta, din ce în ce mai clar până în momentul în care este atât de clar ca şi cum ar fi aici, acum, aproape tangibil, să ai sentimentul că dacă ai întinde mâna l-ai putea atinge. După ce ţi-ai clarificat obiectivul vei găsi resurse şi modalităţi pentru a-l duce la îndeplinire. Va fi din ce în ce mai uşor şi mai clar pe măsură ce obiectivul tău va fi mai clar conturat în mintea ta.

Ce iţi doreşti cu adevarat?

Întreabă-te cât mai des asta şi caută răspunsul în interiorul tău.

Întoarce-te către tine, nu către lumea din afară, resursele tale sunt în interiorul tău, nu în afara ta. Întrebându-i pe cei din jurul tău vei afla ce îşi doresc ei nu ce îţi doreşti tu.

Poate ceea ce îţi vor recomanda cei din anturajul tău ţi se pare potrivit, ai şi motive să te convingi singur că este ceea ce îţi trebuie pentru că ei te cunosc foarte bine sau pentru că ei au mai multă experienţă sau pentru că ei au trecut printr-o situaţie similară şi au depăşit-o în acest mod, deci ai toate motivele să crezi că este ceea ce îţi trebuie. SIGUR ai găsit scopul de care ai nevoie.

Dar nu este aşa, acesta este scopul lor, nu al tău, ba mai mult decât atât, nu este nici măcar scopul lor, este doar o idee, o înşiruire de elemente emoţionale, comportamentale şi caracteriale aşezate într-o ordine mai mult sau mai puţin logică. Înşiruire care nici măcar nu are sens pentru tine. De ce?

Care sunt paşii pe care îi ai de parcurs pentru a atinge acest obiectiv?

Am spus mai devreme că odată ce ai clar în minte obiectivul calea şi resursele vor fi foarte uşor de procurat. Este aşa?

Şti cum să obţi ceea ce "vrei"?

Nu.

Şi atunci te întorci spre cei din jurul tău şi îi întrebi cum să obţi ceea ce până acum te-ai convins deja că iţi doreşti TU. Ceilalţi îţi vor oferi sugestii, sfaturi, fă aşa, mergi acolo şi acolo, spune asta şi acţionează în acest mod. Vei face aşa cum ţi s-a spus şi într-un final, după ce vei depune eforturi foarte mari şi te vei duce şi te vei întoarce şi iar te vei duce şi iar te vei întoarce, până când vei învăţa drumul şi vei accepta în interiorul tău această traiectorie, vei reuşi să obţi ceea ce ţi-ai "propus" să obţi, vei fi foarte "fericit" mândru de marea ta realizare, "mi-am atins obiectivul" îţi vei spune. Dar după foarte puţin timp vei simţi că nu e suficient, parcă nu e ceea ce ţi-ai dorit, şi nu vei înţelege de ce. Simţi ca şi cum un gol şi mai mare a apărut în interiorul tău decât era înainte să porneşti pe această cale. Şi nu vei înţelege de ce. "Am luptat atât de mult să obţin asta", îţi vei spune, a fost atât de greu, au fost atât de multe "piedici", un drum greu care a făcut să merite efortul. Ai acumulat atât de multă experienţă în proces, de ce să ai acest sentiment de neîmplinire?

Sunt permanent nemulţumit sau nu ştiu să apreciez eforturile mele, nu-mi cunosc valoarea, nu ştiu unde să mă opresc, nu ştiu să mă bucur de o răsplată binemeritată. Şi câte altele îţi vei spune în acest proces de autoblamare.

Te vei autoblama şi te vei autopedepsi pentru ceea ce simţi şi cei din jurul tău te vor susţine cu ardoare în acest proces de autoblamare.

Dar totul este în interiorul tău, totul depinde de tine şi numai de tine.

Poate că acum a venit momentul să te întorci către tine şi să te întrebi ce cauţi de fapt să îţi stabileşti obiectivul, să îl vizualizezi până când este atât de clar încât să ai sentimentul că dacă întinzi mâna îl poţi atinge şi apoi să o iei de la capăt şi să realizezi ceea ce ţi-ai propus.

Ce îţi doreşti cu adevărat?

Tot ceea ce cauţi este deja în interiorul tău, tot ceea ce vrei este deja în apropierea ta, tot ceea ce ai de făcut este să intri în rezonanţă cu propria ta persoană şi să asculţi... să asculţi până când vei auzi acea dorinţă care este motorul întregii tale existenţe, acea dorinţă care va aduce un întreg univers către tine pe drumul pe care vei porni spre materializarea sa. Acea unică dorinţă care vibrează în interiorul tău şi care şopteşte în cele mai ascunse colţuri ale sufletului şi minţii tale.

Ce iţi doreşti cu adevărat?

O dată mi-am dorit să fiu o frunză.

Şi?

Am privit o frunză, am privit-o până când m-au durut ochii.

Şi ce ai văzut?

Am văzut o frunză, apoi o masă verde, apoi nervuri care au început să pulseze şi apoi am văzut viaţă, viaţă care cobora şi urca în sus şi în jos, ca un furnicar, în sus şi în jos. Spre vârful copacului, spre alte frunze, pulsa, vibra urca şi cobora ca şi cum ar fi fost un freamăt vibrant de energie.

Într-un final am căzut în apă şi am început să plutesc fără nici un scop şi apoi am început să înmuguresc, să cresc şi să vibrez din nou ca un epicentru al unei surse de energie fără sfârşit.

Atunci am simţit o stare de fericire intensă, am avut sentimentul că vibrez şi m-am întors în interiorul meu. Am înţeles frunza şi acum îmi este foarte uşor să înteleg, să respec şi să iubesc fiecare frunză. Am înteles mai mult decât am înţeles din toată biologia pe care am putut să o învăţ vreodată. Pentru că am învăţat să fiu eu. Să fiu!

2.

Vine o vreme când eşti forţat să accepţi că nu totul este alb sau negru, mare sau mic, că nu toate apele sunt tulburi sau clare, ca un cer înorat nu este întotdeauna semn rău şi că un cer senin nu este mereu un semn bun. O astfel de vreme a venit şi pentru mine într-o zi în care am aflat că singurătatea nu este cea mai mare formă a răului şi că moartea nu este sfârşitul, aşa cum nici viaţa nu este începutul, totul nu este chiar tot şi nimicul nu este chiar nimic. Într-o astfel de zi încep să îţi încoltească în minte unele idei năstruşnice. Cum ar fi respectul.

Ce este de fapt acest respec atât de aclamat şi de ce avem atâta nevoie de acest respect. Şi atunci pentru prima dată m-am întrebat "Chiar am nevoie de acest respect?" şi următoarea întrebare care mi-a tăsnit în minte ca un fulger a fost "Ce este respectul?"

Ca zumzetul unui roi de albine îmi bâzâie în minte această întrebare şi devine din ce în ce mai sâcâitoare până în punctul în care mă forţează spre un răspuns. Răspunsul e atât de simplu, atât de evident încât poate trece foarte uşor neobservat în goana mea după complex.

Respectul, ca orice altă dorinţă sau trăire sau realitate personală, începe cu mine. Eu sunt sursa mea de respect. Voi fi atât de respectat cât de mult mă voi respecta eu pe mine însumi. Nici mai mult, nici mai puţin. Voi primi ceea ce ofer, iar cei care nu sunt capabili să vibreze cu mine vor dispărea cu mare rapiditate din viaţa mea pentru a îşi trăi propriul drum al dezvoltării, lăsând locul celor care pot fi parte din propria mea devenire şi în acest context îşi desfăşoară propria lor devenire.

Astăzi nu vreau să accept o singură linie narativă, refuz să văd cuvintele împiedicându-se unele de altele. M-aş simţi prins într-o singură linie temporală şi vreau să explorez multitudinea pluralităţii.

O voce bizară, în surdină, undeva în fundal fără a se face, însă înţeleasă, e ca un murmur care încetul cu încetul se transformă într-un cântec de leagăn. Neclar şi nesigur. Aşteptând cu răbdare un crescendo dintr-o altă dimensiune.

Confuzia incertitudinii pluridimensionale oferă uneori satisfacţia unui final neprevăzut.

Chipuri şi frânturi de conversaţie se plimbă prin mintea mea ca pe un coridor nesfârşit al iluziilor, şoapte şi murmure cu sau fără sens care cresc şi descresc fără a oferi o alternativă la timpul prezent. Conformitatea se destramă pas cu pas şi în locul său apare o mare nelinişte, un infinit de trăsături ilogice şi incomprehensibile.

Aproape tangibilă, o nouă lume dispare în faţetele unor contururi încă nedefinite, un balans al formei şi culorii. Pendulul îşi mişcă încet secundele de la stânga la dreapta...sau de la dreapta la stânga?

M-aş întoarce în ieri, dar nu mai este nimeni acolo, nimic pentru mine şi nici o fâşie de spaţiu pe care să o redimensionez, astfel încât rămân aici, în astăzi şi în neclaritatea copioasă a zilei de acum mă sfârşesc sfidător de concret ca o umbră pe care soarele în căderea sa dincolo de linia orizontului o sfidează să continue să strălucească ştiind că aceasta nu poate.

3.

Cine este acolo?

Eu sunt, domnule căpitan, se aude o voce stridentă printre picăturile de ploaie torenţiala.

Soldat care este situaţia?

În depărtare se aude un obuz care explodează.

Aerul umed musteşte de mirosul de frică şi pulbere.

Îngrijorătoare, domnule caăpitan, îngrijorătoare.

Căpitanul iese din cort, pe frunte şi pe tunică îi şiroiesc pâraie de apă de ploaie. Nu pare să fie deranjat, nu pare să-i pese, de fapt nu pare să-i pese de nimic, nici de ploaie, nici de soldatul tremurând, ud până la oase, plin de noroi pe faţă şi pe uniformă. Ăsta-i frontul îmi spun şi trec mai departe.

În grajduri e cald, caii sunt bine îngrijiţi şi au nutreţ din belşug.

Zapciul intră pe uşile grajdului şi dă cu ochii de grăjdar, rânjeşte mulţumit şi îl întreabă "Sunt bine hrăniţi?" "Da." Răspunde acesta. Dă mulţumit din cap şi iese, nu înainte de a inspecta frumoasele creaturi dintr-o privire.

În ziua următoare aveau drum lung de făcut şi aveau să-şi plătească hrana primită cu multă râvnă. Nişte animale superbe îşi spuse zapciul în gând în timp ce se îndrepta spre conac.

Undeva în spate se întinde pădurea, din umbră i se pare că vede ceva sclipind, se opreşte şi se uită cu atenţie, dar nu mai este nimic, i s-a părut.

Dincolo de hotarele moşiei un lup negru, mult mai mare decât ar fi trebuit să fie, nu se ştie cine hotărâse cât de mare sau de mic ar trebui să fie un lup; priveşte în curtea largăşi bine luminată. Vede un omuleţ cu picioarele strâmbe şi mers tare ţanţoş cum se opreşte în mijlocul drumului şi priveşte cu atenţie spre locul în care era el. Oare l-a văzut, nu se punea problema să îl simtă, oamenii nu aveau nici un alt simţ în afara corpului lor, erau atât de limitaţi, dar acesta părea mult mai limitat decat ceilalţi pe care îi văzuse până atunci. Îi lăsa impresia că încerca să compenseze nişte lipsuri foarte mari prin mersul acela caraghios. Micşoră ochii pentru a elimina orice posibilitate de a fi remarcat şi privi curios în continuare omuleţul acela sfrijit cu picioarele strâmbe. Mirosul cailor era îmbietor, ar fi dat iama puţin prin grajd. Unul, poate doi, nu mai mult, nu-i plăcea să facă pagubă, se gândi mai bine. Sigur, unul ar fi fost suficient, nu vroia să strice frumuseţe de recoltă, dar făcuse o înţelegere cu grăjdarul, om de cuvânt, cum nu mai întâlneai zilele astea, aşa că îşi puse stavilă şi continuă să privească caraghioslâcul din faţa lui.

Ţanţoşul omuleţ, aşa cum era de aşteptat, se mai opinti de două ori şi apoi porni spre casa aceea mare şi total nefolositoare, după părerea lui. Nu era nimeni acolo şi când mai apăreau alţi oameni aveau un miros ciudat, nu-l putea descrie, amar, nepăcut, nu s-ar fi apropiat de ei nici în cea mai crâncenă noapte de iarnă, nu meritau nici un efort din partea lui şi mai mult decât atât, cine ştie de ce boli sufereau, nu vroia să se îmbolnăvească mâncând ceva stricat. Totuşi unele linii e mai bine să nu fie depăşite.

Lupul continuă să privească acel spaţiu luminat şi căzu într-o stare de reverie plăcută. Acea lumină molatecă îi dădea un sentiment de confort. Îi plăcea să vină aici noaptea şi să privească oamenii cu toate pregătirile lor, toată forfota şi luminile pe care le aprindeau. Venea de mult timp şi începuse a se deprinde cu limba lor, învăţase cuvântul "lup", era un cuvânt pe care îl foloseau des şi de fiecare dată fremătau, deveneau agitaţi, uneori arătau spre pădure şi mai puneau un lemn două pe foc, de câteva ori i se păruse că arătau chiar spre el şi că despre el ar fi vorbit, dar i se păruse, ştia că nimeni în afara grăjdarului nu ştia de existenţa lui, cu atât mai puţin de vizitele lui nocturne în preajma conacului.

Învăţase şi alte cuvinte şi îi plăcea foarte mult să se furişeze la fereastra din spate, care era mereu deschisă şi să asculte cântece, o voce tare plăcută, nici prea aspră, nici prea suavă, aşa cum îi plăcea lui, ca susurul unui izvor. Hm, i-s-a cam facut sete, dar încă nu vrea să plece, mai stă puţin pentru că mai are şi alte lucruri de făcut şi nu avea să se mai întoarcă în noaptea asta.

Privi îndelung, visător în curtea interioară şi acum avea ochii întredeschişi într-o stare plăcută de letargie, se întreba cum ar face dacă ar vrea să atace conacul, de unde ar veni şi unde şi-ar poziţiona luptătorii. În frenezia visării începu să facă un mic plan strategic "şi aş pune hăitaşii acolo şi spionii i-aş plasa acolo şi acolo şi aş porni frontal cu cei doi mari de acolo..." se surprinse în mijlocul planului şi râse înfundat, era o pierdere de timp, dar mintea face mereu ceea ce a învăţat să facă, chiar şi atunci când ai vrea să facă altceva, tot ce ştie ea face. Şi apoi, nu i-ar fi folosit la nimic să atace casa asta, în afară de cai nu era nimic acolo care să merite efortul, cât de mic ar fi fost acest efort. Nu aveau nici măcar câini!

Până şi ciobanul pe la care mai dădea iama din când în când avea o turmă de câini şi erau, erau destul de viteji, ce-i drept se cam împrietenise cu ei şi îl lăsau să ia o oaie din când în când, iar el le dădea câte o ciozvârtă ca răsplată. Era o înţelegere bună, din care toată lumea avea de câştigat, inclusiv ciobanul, deşi el nu ştia asta. Pentru o oaie, două din când în când, nimeni altcineva nu îndrăznea să deranjeze turma ciobanului, toată lumea ştia că e pe teritoriul său.

Câinii, da, erau mare afacere, găsiseră ei o întreagă strategie de a se pune bine cu stăpânul şi făceau o întreagă reprezentaţie când venea lupul. Îşi primeau porţia şi se făceau nevăzuţi. O dată unul l-a supărat, a fost cât pe ce să-l mănânce lângă oaie, nu-i plac nedreptăţile şi înţelegerea e înţelegere. A zis o ciozvârtă pentru toţi, atunci e o ciozvârtă pentru toţi. Dar el nu şi nu, că e doar a lui că e mai mare şi dacă şi-ar pune mintea cu el l-ar doborâ în luptă dreaptă. Lupul l-a măsurat de sus în jos şi de jos în sus, era, ce-i drept mai mărişor decât ceilalţi, dar nici poveste să-şi pună mintea cu el. L-a prins de ceafă pe nepusă masă şi l-a scuturat bine de praf, îl scutura de tot, dacă bătrânul ciobănesc nu-i amintea că aveau o înţelegere şi că era un puiandru fără minte, de atunci nu l-a mai văzut, nici nu s-a obosit să întrebe ce se alesese de el. Dar acum că îşi amintise avea să întrebe la următoarea vizită la stână.

Îşi ridică uşor capul şi privi stelele, începeau să se alinieze, era timpul să plece de acum. Se ridică agale şi fluturând coada de două ori dispăru ca şi cum nu ar fi fost niciodată acolo.

4.

Uriaşii de ghiaţă, urâcioase creaturi. Reci, insensibile, mereu morocănoase şi puse pe ceartă;

dar asta e nimic, să-i vezi de ce sunt capabili când se îndragostesc! Şi miedul...

Ce ai făcut?

Ceva imposibil de perfecţionat.

De ce?

Pentru că este atât de frumos în propria sa imperfecţiune.

Măreţia se naşte din nesupunere şi valoarea unui cuvânt devine cu adevărat valoare în momentul în care informaţia pe care acest cuvânt o transmite are potenţialul de a construi sau de a distruge un univers. Deci, o valoare poate fi pozitivă sau negativă. Necunoaşterea nu este o scuză şi nu devalorizează ceea ce are valoare. Doar pentru că tu sau eu nu cunoaştem valoarea de adevăr a unui adevăr, asta nu înseamnă că acest adevăr nu mai are valoare de adevăr, ci pur şi simplu noi suntem atat de ignoranţi, cât să nu vedem esenţa unei tragice desfăşurări cosmice pe care să o apreciem la adevărata sa valoare. Pentru că tu sau eu nu putem aprecia esenţa unui argument, asta nu înseamnă că argumentul este lipsit de esentă, ci doar că noi nu avem suficientă substanţă cât să putem vedea dincolo de propria ignoranţă. În restul timpului tot ceea ce se întâmplă are o cronologie precisă şi poate fi prevăzut cu o foarte mare acurateţe.

Ce anume se ascunde în spatele unui adevăr?

Nimic mai mult decat un alt adevăr care aşteaptă să fie dezvăluit prin cunoaşterea primului adevăr şi aprofundarea sensurilor sale.

Dincolo de limita limitărilor propriilor tale fiinţe se află nemărginirea tuturor posibilităţilor tale pe care nu ai avut curajul să le explorezi şi dincolo de limitele cunoscute se află adevăratele tale resurse pe care nu ai avut capacitatea necesară să le exprimi. În esenţă, nimic nu este ascuns.

Totul se află la vedere, la îndemână, aşteptând să fie descoperit, revizuit, înglobat în propriul tău sistem pentru a cuprinde următorul tău pas, următoarea aspiraţie şi următoarea treaptă a propriei tale evoluţii.

În esenţă, extravaganţa existenţei nu este cu nimic mai spectaculoasă decât ceea ce simţi şi vezi acum, doar că tot ceea ce ai de făcut este să te ridici deasupra ta, deasupra a ceea ce ai fost ieri, deasupra a ceea ce eşti astăzi, dar pentru a te putea ridica către ziua de mâine trebuie să şti ce, cine eşti azi, cine ai fost ieri. Atât de puţin şi atât de mult în acelaşi timp.

Cine ai fost ieri?

Cine ai fost azi?

Astfel încât să şti ce ai acumulat, ce ai văzut, ce ai auzit, ce ai simţit, ce ai spus şi ce ai gândit ieri. Cine ai fost ieri?

Cine ţi-ai dorit să fi ieri? Cine ai fi putut fi ieri?

Ce spaţii din fiinţa ta au rămas neexplorate ieri şi ce forme din jurul tău au trecut neobservate şi implicit neexplorare, necunoscute de tine până în ziua de azi.

Cine ai fost ieri?

Poţi răspunde la această întrebare?

Poţi cunoaşte tot ceea ce ar fi trebuit să şti ieri? Despre tine, despre ceea ce ai simţit şi ar fi trebuit să simţi ieri, despre ceea ce ai gândit şi ar fi fost de dorit să gândeşti ieri, despre ceea ce ai văzut şi ai fi putut să vezi ieri, despre ceea ce ai făcut şi ai fi putut, realmente, să faci ieri. Când spun "realmente", mă raportez la acţiuni tangibile şi posibile, care pot încăpea într-o zi. Utopia nu îţi va aduce nici un beneficiu în procesul de autocunoaştere, să afirm că aş fi putut face ceva dacă nu făceam altceva sau că aş fi făcut sau aş fi fost dacă nu era cineva sau nu mă reţinea o situaţie, înseamnă să mă mint singur, înseamnă să-mi creez o lume fantastică din care nu voi mai ieşi niciodată şi care nu-mi aduce nici un beneficiu. Nu are nimic de-a face cu autocunoaşterea, nici cu nimic din ceea ce însemn eu pentru mine. Dacă nu mă pot raporta corect şi realist la ziua de ieri mai bine mă duc la ziua de alaltăieri şi caut răspunsurile acelei zile în acea zi şi dacă nu pot găsi nici acolo reperele realităţii de care am nevoie mă duc la ziua dinaintea sa şi tot aşa până când pot spune ce am simţit, ce am gândit, ce am spus şi ce am făcut în acea zi. EU!

Cine eşti azi?

Cine ai putea fi azi?

Cine crezi că ar "trebui" să fi azi?

Cine ţi-ai dori să fi azi?

*

Contemplând conturul unei zile realizezi că poate avea mai mult înţeles şi o extensie prelungită a realităţii exterioare în interiorul tău. O lume mult mai vastă se va desfăşura înaintea ta şi orizonturile ţi se vor lărgi substanţial în ziua în care azi va cuprinde toate sensurile fiinţei tale, atât interioare cât şi exterioare. Cât timp îţi trebuie să te pui de acord cu tine?

Numai tu poţi stabili asta, dar nu pornind de la un timp oarecare pe care ţi-l propui pentru a crea propria ta fiinţă, ci de la creaţia propriei tale dimensiuni către timpul în sine.

Trăind printre ceilalţi, trăind în afara ta, rupt de propria ta fiinţă vei simţi permanent o nelinişte şi cu fiecare zi vei avea din ce în ce mai des şi mai puternic sentimentul că pierzi ceva, că nu este suficient tot ceea ce vine de la ceilalţi. Şi aşa este pentru că tot ceea ce ne defineşte nu este în afara ci în interiorul nostru, tot ceea ce ne este cu adevărat necesar nu este în afara noastră, ci în interiorul nostru.

5.

Vreau iubire, am nevoie de iubire, dar nimeni nu mi-o oferă, nimeni nu ştie cum să mă iubească, nimeni nu mă poate iubi?

Oare?

Tu şti cum să te iubeşti? Şti că eşti demn de a fi iubit? Şti că tu eşti singura fiinţă care le poate ARĂTA celor din jurul tău cum să te iubească. Să spui fă asta sau asta pentru mine şi atunci mă voi simţi iubit este o mare minciună pe care ţi-o spui ţie şi pe care i-o spui şi celui de lângă tine. Poate va încerca să îţi ofere ceea ce ai cerut prin cuvinte, dar va eşua lamentabil, pentru că vei fi mulţumit, dar nu va suplini lipsa pe care o resimţi în interiorul tău şi atunci vei deveni nemulţumit în scurt timp, din nou. Celălalt va crede că te joci cu el\ea şi îşi va pierde încrederea în tine şi în vorbele tale. În timp, va fi copleşit de nemulţumirea şi cerinţele tale, care, va învăţa după o vreme, duc mereu la acelaşi rezultat. Poate nu vei mai cere, deşi sunt slabe şansele să te opreşti, vei cere în continuare şi celalalt îţi va da în continuare şi vei vrea şi mai mult şi vei primi şi mai mult şi pe măsură ce vei cere şi vei primi deziluzia şi "gustul amar" pe care îl simţi va creşte şi va fi din ce în ce mai greu de suportat şi vei avea nevoie de mai multe şi mai mari "dovezi de iubire" pentru a umple acest gol pe care nu îl poate umple nimeni din afară.

Tu şti cum să te iubeşti?

6.

Ziua aleargă către sfârşit şi în freamătul dintre minute spaţii de splendoare se apropie unele de altele, distanţele se micşorează şi clipele intră în rezonanţă unele cu altele. Paloarea momentului este înlocuită cu îmbujorarea unui firav gând spre o linie de frumuseţe care se strecoară printre clipele din ceea ce a fost şi ceea ce va fi. O curgere lentă a zilei de azi către ieri.

Balansul paralel al momentului cu spaţiul dintre două puncte aflate la acelaşi terminal. Cât de frumos este acest infinit. Nici o pală de vânt, nici un val de fluturi nu a venit astăzi să disturbe liniştea dintre cele două puncte intermitente care au fost şi sunt, aici şi acum.

De sub copacul de cleştar se ridică o furnică şi priveşte în zare, pare un spaţiu mai larg decât şi-a imaginat. Se vede mai bine de aici. Nuanţele de albastru au un joc superb şi reflectă un dans feeric pe tulpina pomului ales. Priveliştea o umple de uimire.

Ai fost vreodată uimit?

Ai închis vreodată ochii pentru ca apoi să-i deschizi într-o stare de uimire care nu poate fi măsurată în nici un fel de cuvinte?

Poate totuşi...mai caută acea stare pe care nu o pot descrie cuvintele, acea uimire inocentă pe care nimic nu o poate altera şi nu poate fi simţită decât de tine. Este darul tău pentru tine.

7.

La o benzinărie oarecare, în pragul nopţii opreşte o maşină. O maşină oarecare, nici prea mare, nici prea mică, nici prea nouă, nici prea veche.

Din maşină coboară o femeie între două vârste, nici prea înaltă, nici prea scundă, îngrijit şi ordonat îmbracată, dar nimic extravagant, nimic prin care să atragă atenţia. Nuanţe de gri şi o pereche de jeans-i clasici.

Nimeni nu o remarcă, nimeni nu întoarce capul la apariţia ei, ca şi cum nu ar fi existat, nici o reacţie nu obţine trecerea ei; ea ştie asta foarte bine, nimănui nu i-a păsat niciodată de ea.

Se apropie de uşă şi aceasta se deschide în faţa ei. "Măcar uşa se deschide" gândeşte ea oarecum indiferentă. Intră în benzinărie şi se apropie de un stand, priveşte preţ de o clipă, după care ia două pahare de şampanie în mână cu intenţia de a se duce la casă, dar atenţia îi este atrasă de o lenjerie intimă din dantelă, albă ca spuma mării, se abate din drum şi se apropie de lenjeriile intime, priveşte câteva momente descumpănită, apoi încearcă să aleagă ceva, dar privirea îi rămâne aţintită asupra acelei lenjerii şi ştie că dacă va pleca fără ea se va gândi multă vreme la acea lenjerie, care oricum nu-i trebuie, dar care îi place foarte mult. Astfel încât decide că a venit timpul să o cumpere şi hotărâtă fiind o ridică şi o mai priveşte încă odată, iar apoi o pune nonşalant pe umăr şi, nevăzută, neauzită de nimeni, se îndreaptă spre casa de marcat cu lenjeria intimă pe umăr, victorioasă, şi cele două pahare de şampanie în cealaltă mână. La casă scoate dintr-o geantă mare, de o culoare incertă, o sticlă de şampanie şi roagă casierita să ambaleze sticla împreună cu cele două pahare. Scoate banii şi plateşte tot ceea ce cumpărase. În momentul în care ridică privirea observă cu surpriză sprijinit de marginea tejghelei un bărbat înalt, cu un aer boem, care se uita la ea. Bărbatul surprins de privirea ei îi zâmbeşte uşor stânjenit. Femeia se înroşeşte, tot ce simţea în acel moment era o dorniţă nestăvilită de a o lua la fugă. Instinctiv se uită spre uşă, dar în drumul spre uşă, privirea ei se opreşte pentru o clipă, suficient de mult pentru a înţelege situaţia nostimă, asupra a încă doi bărbaţi, plasaţi între rafturile cu dulciuri şi cele cu conserve, ce o priveau ghiduş şi îşi spuneau ceva, erau însoţiţi de două femei destul de cochete. Privirea femeii se întoarse mirată la bărbatul de lângă ea şi fără să îşi dea seama ce face îl întrebă "Aţi achitat?". El o priveşte zâmbind şi îi răspunde cu un ton foarte politicos, "Sunt după dumneavoastră". Femeia, încurcată, face un gest aprobativ, după care tacticos îşi ia pachetul şi iese cu pas egal, măsurat din benzinărie. Se urcă în maşină şi începe să râdă pe înfundate. Oh, ce-ar mai fi rupt-o la fugă de la casa de marcat până la maşină.

Deci, nu este chiar atât de invizibilă pe cât a crezut, nu este atât de ştearsă şi lipsită de importanţă pe cât i s-a spus şi i s-a repetat toată viaţa. Poate totuşi lucrurile nu stau chiar atât de rău pe cât i s-a repetat tot timpul.

Poate merită o şansă la fericire până la urmă.

Rămase dusă de gânduri o vreme, după care trase o concluzie numai de ea ştiută şi porni maşina. Plecă din benzinărie încet. După o vreme farurile maşinii se pierdură în întunericul nopţii pe autostradă, către undeva, către o altă perspectivă, către un drum pe care contează.

8.

Timpul trecea lăsând în urma sa o dâră de praf pe drumul larg şi pustiu, un drum de ţară desfundat, pe care ar fi încăput o întreagă turmă de bivoli fără să se înghesuie prea tare.

Se îndrepta undeva pentru că avea o întalnire importantă cândva cu cineva care venea de altundeva. Dar în drumul său se rătăcise puţin pe ici pe colo şi se apropiase puţin prea mult de trecutul apropiat de sine fără să ceară socoteală momentului prezent de care tocmai se despărţise cu ceva vreme în urmă.

Târându-şi picioarele agale prin colbul drumului îşi ridică puţin pălăria şi privi visător în zare, nu mai era mult, îşi spuse în sinea lui. Deşi, drumul se întindea la nesfarşit şi dacă te-ai fi uitat în zare din punctul în care se afla timpul, ţi-ai fi pierdut speranţa că vei ajunge vreodată undeva.

Dar nu e nici o problemă, pentru că Timpul tocmai ce găsise speranţa pe marginea drumului şi o ridicase din praf cu oarecare greutate, punând-o pe umărul drept. Pe celălat umăr avea o carabină cu ţeavă lungă. Îi trebuise de multe ori şi ajunsese la concluzia că oricând, oriunde s-ar afla nu se va despărţi nicidată de carabina lui. Pace să fie că o putea folosi şi drept toiag, glumea uneori.

Uneori glumea singur, alteori cu sine, dar se mai întampla să acorde câteva momente şi trecătorilor. Nu prea se împrietenea uşor, era un solitar şi cineva spunea că în spatele solitudinii sale era o poveste, dar nimeni nu ştia cine ştia povestea Timpului. În schimb, toţi ştiau că era un hoinar, că nu se grabea, nu încetinea ritmul, dar nu se oprea niciodată. Ăsta era felul lui de a fi. Poate undeva, cândva se va opri şi el, dar până atunci şi până acolo mai avea mult de colindat.

Unii spuneau că ar căuta capătul lumii, alţii că ar vrea să găsească o rază de stea pe care o pierduse cu multă vreme în urmă, pe când cocheta cu Eternitatea. De atunci nu mai auzise nimeni nimic despre ea. Parcă dispăruse cu totul de pe faţa pământului.

Poate chiar aşa era, poate Timpul căuta o rază de stea să prindă cu ea carul mare şi să poată ajunge cu el la Eternitate. Cine poate şti?

Timpul trecea, lăsând în urma sa o dâră de colb pe drumul pustiu. Mergea cu paşi măsuraţi, nici prea repede, nici prea încet. Purta speranţa pe umărul drept şi o carabină cu ţeavă lungă pe umărul stâng. Nu se grăbea şi nu se oprea nicidată. Nu privea pe nimeni în ochi şi nu se împrietenea cu nimeni, ce-i drept nu avea nici duşmani. Nu era cineva şi nu era nimeni. Toţi îl ştiau, dar nimeni nu îl cunoştea. Toată lumea vorbea despre el, dar nimeni nu vorbea cu el. Poate câţiva curajoşi ar fi vorbit cu el, dar el nu vorbea cu nimeni. Dacă cineva îndrăznea uneori să se apropie de el, timpul se uita chiorâş de sub borul larg al pălăriei sale de pâslă ponosită şi mârâia scurt ceva ce ar fi putut însemna "Ce vrei?" sau "Ce cauţi?".

Oricum, cineva era foarte atent şi după acest mârâit scurt îşi expunea cu mare viteză, elocvent şi concis dorinţa. Deşi nu se oprea şi nu vorbea cu nimeni, Timpul avea o mare calitate. Asculta, îi plăcea să asculte, tot ce auzea era important pentru el şi tot ce se întampla îl interesa. Ce a făcut cineva, undeva. Ce a spus altcineva altcuiva. Unde s-a dus celălalt şi tot aşa. Nu intra în vorbă, dar cu pălăria trasă pe ochi asculta tot ce se povestea, se discuta şi se întampla în jurul său.

Timpul era posac, dar nimeni nu ştia adevăratul motiv. Şi adevăratul motiv era ascuns departe, în munţi, într-o peşteră adâncă, unde Timpul plănuia să se întoarcă după ce va ajunge la capătul lumii şi va găsi raza de stea cu care să prindă carul mare în care să poată încărca toate speranţele adunate de pe marginea drumului şi pe care apoi să le împartă unor oameni curajoşi care ar fi avut nevoie de ele. Dar mai era până acolo. Dacă se gândea bine, mai dăduse din speranţe aşa fără car, dar puţine, puţine pentru că erau puţini doritori. În schimb toată lumea căuta cu nesaţ disperări. Disperările erau la mare preţ acum. Avea Timpul ăsta un dar de-a face afaceri păguboase. Uite ce bine îi mergea neghiobului de Azi. Azi o disperare, mâine o disperare, le dădea la un preţ din ce în ce mai mare şi lumea se înghesuia nevoie mare să le cumpere. Unul vroia o disperare de bani, altul de boală, altul de familie şi una mai ceva ca alta. Ba mai mult decât atât, Azi nu mai vindea doar o disperare dădea şi două-trei, într-o zi unul a cumpărat şapte disperări odată, ce-o fi făcând cu atâtea? În ziua aia Timpul a stat ceva pe gânduri, şi-a dat pălăria pe spate şi s-a scărpinat nedumerit în cap, după care a plecat mai departe, dar uneori tot se mai întreabă ce-or fi făcând oamenii cu atâta disperare şi se mai înghesuie s-o cumpere pe bani mulţi, în timp ce speranţa zace pe marginea drumului şi se umple de praf şi uitare. Mare năzbâtie şi oamenii ăştia!

Dar, dacă se gândea mai bine totuşi Azi făcea el ceva, nu se poate chiar aşa de mare înghesuială la disperare şi nimeni nu lua de la Timp o speranţa măcar, deşi avea câteva la el şi putea aduna cu mare uşurinţă oricât de multe. Cum el nu era hapsân, nu avea nevoie de bani şi nu cerea nimic în schimbul speranţelor. Mai exact nu cerea bani. Pentru că el cerea, curaj, putere, onestitate, bunăvoinţă, şi alte câteva mărunţişuri de astea la îndemâna oricui.

Tot astfel şi acum, mergea cu speranţa pe umăr, poate va găsi pe cineva care avea nevoie de ea şi ar fi vrut să o ia, dar în lungul drum care se aşternea în faţa Timplului nu se vedea nici o siluetă. Doar colbul în urma sa se ridica şi sunetul paşilor săi era singurul zgomot care tulbura linişta drumului larg. Un drum lat, un drum de ţară desfundat.

9.

Timp, spaţiu, eternitate. Multitudinea universală îşi creează propria grandoare fără a se subestima şi fără a cere nimic în schimbul splendorii pe care o deţine. Mirificele dimensiuni dintre două spaţii se destramăşi în necontrolata sa goană, lumea mea se disipează haotic şi nemărginit.

Eram într-o lume civilizată.

Oraşe mari, civilizate, de piatră. Erau oraşele in care locuiam.

Era o lume luminată de un soare violet.

Dintr-un motiv oarecare am fost nevoiţi să părăsin acea lume şi am ajuns într-o lume verde. În care păduri luxurinante, cu copaci foarte înalţi, se aşterneau în faţa noastră. Ne-am stabilit acolo şi am început să construim locuinţe, poduri şi să ne creem un mod de viaţă. Dar a apărut o problemă, o problemă pe care nu o mai întâlnisem şi de care nu mai auzisem. Scândura pe care o foloseau meşterii creştea şi îşi păstra scoarţa copacului din care fusese manufacturată. Astăzi s-a construit o scară, mâine scara era o platformă imensă. Fiecare scândură devenind de dimensiunile unui arbore de sequoia. Scoarţa de pe margine devenea poroasăşi neregulată, lăsând în construcţie spaţii mult prea mari pentru a fi sigură la traversare, treptele deveniseră etaje, iar pământul devenise poros, foarte afânat şi extrem de umed.

La început am învinovăţit meşterii, am crezut că nu lucraseră cu seriozitate şi că încercaseră să obţină avantaje rapide, fără prea mult efort.

Apoi treptele din piatră pe care azi puteai urca dintr-un pas, mâine aveau dimensiuni impresionante, pentru a urca un asemenea bloc era nevoie de o săritură serioasă şi foarte bine calculată.

Ceea ce vedeam era imposibil de înţeles, nu avea nici o explicaţie logică. Tot ceea ce construiam se expanda. Ori asta este imposibil.

Oamenii începuseră să se certe între ei şi deja conflictele erau alarmante.

Aerul era umed şi foarte cald, aveam uneori sentimentul că respiram vapori de apă, iar alteori că mă aflam într-o junglă, doar că nu erau liane şi creaturi vicoase.

De altfel, nu întâlnisem nici o fiinţă mişcătoare până în acel moment. Totul era vegetaţie.

Copaci imenşi, pământul acoperit cu un fel de muşchi; şi cam astea erau toate plantele pe care le puteam vedea cât cuprindeam cu ochii.

Am construit o pasarelă, dintr-un copac până pe un dâmb de pământ, pe care am ridicat o platformă. Totul din scândură. Sub privirea mea scândurile se lățeau și se lungeau schimbându-și dimensiunile și forma. Era foarte cald. Am încercat să urc, pentru că în momentul în care am ajuns la platformă, deja aceasta avea alte dimensiuni și era mai sus decât treapta pe care mă aflam. Înălțimea mă depășea cu un cap, deci trebuia să mă cațăr pe maldărul de pământ. Am înfipt mâinile în sol și am urcat. Am scos mâna și un pumn de pământ foarte afânat mi-a rămas în palmă. Pe așa ceva nu se putea construi nimic.

Am dat cu mâna de la stânga la dreapta și am făcut o "treaptă" în pământul afânat. Lată și suficient de lungă cât să pot sta lejer să privesc în urma mea. Tot ceea ce am văzut era imens. În acel moment mi-am pus întrebarea dacă nu cumva ne micșoram noi. Dar mi-am dat seama că nu era așa.

Am ajuns pe pasarelă, unde la o masă era un om înalt, uscățiv care avea desfășurate tot felul de planuri și schițe în fața sa. Îl cunoșteam.

Ce m-a surprins şi m-a liniştit în acelaşi timp a fost priveliştea de sus, masa, colile largi de hârtie, aveau aceleaşi dimensiuni pe care le avuseserăşi ieri. Deci nu se întâmpla nimic cu noi. Aveam aceeaşi fiziologie.

Am început să vorbesc cu omul din faţa mea. Situaţia era destul de delicată. Oamenii erau speriaţi, relaţiile dintre ei erau foarte tensionate. Trebuia găsita o soluţie şi trebuia găsită repede. În timp ce vorbeam mi-am trecut mâna prin păr, un gest obişnuit pentru mine, când am retras mâna, o aveam plină cu păr. Am privit pumnul de păr pe care îl strânsesem şi am exclamat "Planeta asta nu ne vrea aici. Ceva în acest sol ne omoară." Bărbatul m-a privit preţ de o clipă descumpănit, apoi ca în urma unui rapid calcul se întoarse şi cu aceleaşi eforturi pe care le facusem eu să ajung acolo, coborâ şi adună oamenii.

În scurt timp toate pregătirile au fost încheiate şi am părăsit acea planetă pentru a nu ne mai întoarce acolo.

Am pornit în necunoscut, bucuroşi că eram toţi vii şi neatinşi de vreun rău, cel puţin până acum.

Am pornit pe un drum nou, în căutarea unei planete pe care să o numim "acasă".

*

Două universuri aparent paralele se ciocnesc, scântei incandescente luminează spaţiul din ceea ce se presupune că era vid.

O linişte pătrunzătoare scaldă infinitul nemărginit şi răsuflarea de ghaţă a timpului se multiplică în emisfere circulare necunoscute oricărei fiinţe mărginite.

Spaţiul se declină şi se lărgeşte într-un orizont portocaliu, iar amintirile monocolore dau buzna din toate ungherele spaţiului.

Teoria condescendentă a unei ipoteze nelimitate corespunde spaţiului dintre două realităţi şi pentru a confirma tăcerea din sine. O minune de realitate sfărâmată în mii de particule se transpune în propria-i transparenţă.

Totul se mulează perfect pe fiecare fracţiune de timp şi spaţiu. Nici o fărâmă incandescentă nu rămâne dezordonată, toate piesele şi-au găsit propriul loc şi şi-au autodefinit cu precizie propria valoare. Fiecare cuvânt şi-a găsit locul într-o structură complexă şi omogenă. Structură intangibilă şi aproape imposibil de descifrat.

A mai trecut un veac. Pare suficient de mare, cât să cuprindă în sine o eternitate asupra căreia veghiase timp de un secol.

Numerele conţin forme exacte. Măsurate cu o mare precizie şi catalogate după o definiţie foarte clară şi binecunoscută de întregul spaţiu dintre cuvinte. În fiecare rotaţie se întâmplă acelaşi fenomen şi cu toate astea, de fiecare dată întregul spaţiu cartografiat este cuprins de o mare uimire. Parcă ar vedea fenomenul pentru prima dată. Parcă ar fi ultima dată când ar vedea această explozie de gânduri şi iluzii sfărâmate. O porţiune de secol se destramă şi totuşi, nimeni nu sesizează splendoarea fantasmelor pe care le generează.

Şi dacă, lumea de aici este doar o plăsmuire fantastică a minţii mele şi realitatea este undeva înghesuită într-un colţ al cunoaşterii fără vreo putinţă de scăpare?

Mă întreb... mă privesc în nemărginirea propriului meu suflet şi unele frânturi din propria-mi fiinţă mi se par mai acceptabile decât altele, unele mi se par mai accesibile decât altele. Unele sunt atât de sinistre încât întorc privirea pentru a le evita. Şi totuşi, tocmai acestea sunt cele pe care ar fi de dorit să le explorez cu cea mai mare atenţie. Pentru că aici se ascund cele mai crâncene bătălii pe care fiinţa mea le duce cu sine, fără ca măcar, latura mea conştientă să aibă habar.

*

Aş vrea să-ţi spun câte ceva despre mine, dar mai apoi mă întorc şi te privesc şi cu o urmă de nostalgie îmi dau seama că tu vrei să-ţi vorbesc despre tine, despre frânturile tale de fiinţă, despre tenebrele tale, dar nu vrei să şti ceea ce ţi-aş putea spune şi în aceeaşi măsură vrei să îţi vorbesc despre tine fără să îmi permiţi să te cunosc. Cum aş putea face asta?

Cum te-aş putea cunoaşte dacă te ascunzi de mine în colţurile fiinţei tale, cum aş putea să îţi spun ce nu îţi place la tine dacă nu vrei să auzi nimic din ceea ce aş putea să îţi spun despre ceea ce te dezgustă la propria ta fiinţă?

Până când nu îţi vei accepta toate posibilităţile nu pot vorbi cu tine despre tine. Dar nu am cum să vorbesc nici despre mine, pentru că nu sunt un subiect interesant pentru tine. Şi apoi, nici nu mă cunosc atât de bine şi nici nu mi-am acceptat toată fiinţa, astfel încât să vorbesc foarte clar despre mine. Sunt un explorator al propriei mele fiinţe. Dar tu, tu cine eşti?

Mă întorc către tine şi te privesc întrebător. Nu primesc nici un răspuns, nu vrei sau nu şti ce să spui despre tine.

Întreabă-mă. Speculează.

Îmi zâmbeşti şi aştepţi să vorbesc despre tine. Dar ceea ce am eu de spus nu are nici o legătură cu tine, pentru că nu te cunosc, nu pot spune cine eşti, pentru că nu mi-ai spus cine eşti. Mi-ai spus doar cine ai vrea eu să ştiu că eşti, ori asta nu eşti tu cu adevărat, este o ideea despre cum ai vrea tu să te vadă alţii, şi nici măcar nu este o idee foarte bună, dacă îmi permiţi să adaug.

Nu, nu-mi permiţi, pentru că această afirmaţie îţi ştirbeşte iluzia unei imagini plăcute, social acceptate şi de care tu consideri că eşti demn. Daca ţi-aş spune că eşti mai mult decât imaginea pe care încerci să mi-o induci, ai crede că râd de tine, pentru că tu "şti" că atât şi aşa eşti. Orice altceva este prea mult pentru tine, ceea ce nu se încadrează în şablonul tău nu are valoare de adevăr pentru tine. Nu are nici măcar legătură cu tine. Şi cine sunt eu să spun altfel.

Dar te-ai întrebat vreodată cum ai ajuns să "şti"asta despre tine, în condiţiile în care nu te cunoşti, nu îţi şti valoarea reală, nu îţi cunoşti potenţialul real, nu îţi şti valorile reale şi nu vrei să accepţi ceea ce nu îţi place la tine?

Te-ai întrebat vreodată de unde a apărut această imagine de sine pe care o afişezi cu atâta mândrie în faţa mea? Pe care o impui cu atâta tărie şi o susţi anulând cu vehemenţă orice tentativă a mea de a o altera în vreun fel?

Te-ai întrebat vreodată cum ai ajuns să te "cunoşti" atât de bine în condiţiile în care nu şti nimic despre tine?

Nu vrei să accepţi nici o noţiune care nu se încadrează în sistemul tău, care nu intră perfect în şablonul pe care ţi l-ai construit cu atât de multă migală şi în care ai investit atât de mult timp şi atât de multe eforturi.

Mă uit la tine mirat şi mă întreb, de ce ar investi cineva atâta timp şi atât de multe eforturi într-o minciună, când este mult mai economic şi mai productiv să mă cunosc şi să mă asamblez cât mai bine posibil în baza a ceea ce cunosc ca fiind adevărat despre propria mea fiinţă?

Răspunsul îmi trăsneşte în minte de la sine, nechemat, neinvitat, neaşteptat.

Din frică. Frica de necunoscut. Frica de a nu fi acceptat de un grup, de familie, de societate. Când spun 'a nu fi acceptat' privesc această afirmaţie în sens diferit de 'a fi respins'. A nu fi acceptat implică o toleranţă stânjenitoare pentru tine, nu eşti respins, dar nici nu faci parte din acel grup, eşti acolo şi te simţi ca şi cum toată lumea aşteaptă să pleci, dar nimeni nu îţi spune. Ceea ce pentru tine este mai grav decât respingerea în sine, pentru că tu vrei să fi parte a unui întreg, a unui grup, indiferent de natura acestui grup, ba mai mult, vrei să fi recunoscut şi aprobat de acest grup, vrei să fi apreciat şi respectat, să fi privit ca un membru de valoare al grupului, deşi nu ai nici o valoare în acel grup, pentru că nu este ceea ce îţi trebuie ţie sau grupul în sine nu are nici o valoare, sau promovează nonvaloarea sau, şi mai rău, antivalorile. Şi totuşi, tu vrei să faci parte din acest grup şi să ai valoare în cadrul acestui grup. În consecinţă, te debarasezi de tot ceea ce eşti tu şi te îmbraci într-o iluzie acceptată de grup.

Dar asta nu este singura frică ce îşi face simţită prezenţa în interiorul fiinţei tale.

Frica de a descoperii "monştrii" pe care nu îi pot îmblânzi. Frica de neputinţă. Frica de veşnicie. Frica de a deveni mai mult decât cei din jurul meu, fără ca măcar să te întrebi ce s-ar întâmpla dacă ai deveni mai mult decât cei din jurul tău. Frica de a pierde controlul.

Din frică. Frica de a explora. Pentru că ţi s-a spus că nu e voie. Că e periculos, că e nepermis un gând sau altul, un comportament sau altul şi atunci nici măcar nu ai avut curiozitatea să vezi dacă tu chiar te-ai putea comporta într-un fel sau altul, conform cu propria-ţi natură, dacă un gând sau altul face, realmente, parte din fiinţa ta sau nu.

Acum vi în faţa mea şi vrei să îţi vorbesc despre tine, să îţi spun doar ceea ce vrei tu să auzi conform cu suma fricilor tale. Pentru că tu "şti" că dacă voi spune altceva nu sunt suficient de credibil şi nu ştiu nimic despre nimic, doar pentru că eu refuz să intru în rezonanţă cu suma fricilor tale şi să repet ceea ce ţi s-a spus toată viaţa de până acum, indiferent că ţi-au spus alţii sau ţi-ai spus tu.

Dar ăsta este cel mai mic dintre relele pe care ţi le pot face, pentru că eu mă voi încăpăţâna să te cunosc şi voi refuza să îţi spun ceea ce vrei să auzi şi voi intra în rezonanţă cu propria ta fiinţă. Şi nici măcar nu mă voi opri aici, îţi voi face un rău şi mai mare, îţi voi spune cât de măreţ eşti. Poate dacă ţi-aş vorbi despre nimicnicia de care eşti capabil, te-ai simţi victorios în lupta ta cu "demonii" tăi, pe care de altfel, după cum amândoi foarte bine ştim, nu ai dus-o niciodată, pentru că te-ai ascuns cu îndârjire în spatele unor canoane bine stabilite şi social acceptate. Şi ţi-ai spune în gloria ta iluzorie "am învins, iată, sunt mai bun decât am crezut că pot fi". Şi poate m-ai accepta, poate în înfumurarea ta, la aflarea măreţei tale "victorii" te-ai considera superior mie şi m-ai respinge.

Dar eu în încăpăţânarea mea, nu îţi voi vorbi despre asta, ci îţi voi face rău şi îţi voi spune că eşti mai mult, mai bun şi mai măreţ decât viaţa pe care o duci, decât ceea ce vezi tu ca fiind "tu". Şi astfel, voi avea marea neşansă de a te pierde. Mă vei privi cu dispreţ şi vei spune autoritar că nu ştiu nimic despre tine, că aşa ceva nu există şi că eu nu ştiu nimic despre nimic. Numai că în goana ta spre ceea ce cunoşti, în dorinţa ta nestăvilită de a mă lovi pentru că ţi-am făcut rău, vei pierde un detaliu din vedere, şi anume că nu-mi faci mie nici un rău, că de fapt, îţi închizi uşi pe care abia ţi le-am deschis, fără ca măcar să-ţi oferi o clipă, cât durează să inspiri şi să expiri, să te întrebi dacă este posibil ca ceea ce am spus eu să fie adevărat. Dacă se poate ca tu să fi mai mult şi mai bun decât ai crezut până acum că eşti.

Însă, nimic şi nimeni nu te poate convinge să faci asta. Este prea mult pentru tine.

Să accept că sunt diferit de ceea ce am crezut că eram a fost cel mai îndelungat proces prin care am putut trece. Să am curajul de a mă privi în ochi şi de a-mi spune asta şi asta sunt aşa, a fost cea mai mare realizare pe care am putut-o avea, dar şi cel mai îndelungat dialog pe care l-am purtat vreodată cu cineva.

Întorcându-mă la noi. Mă întreb, în timp ce te privesc în tăcere, despre ce am putea vorbi?

Nu vrei să auzi nimic despre tine, nu te interesează nimic despre mine. Şi ca şi cum mi-ai fi auzit întrebarea mută îmi răspunzi cu o voce bine articulată: "Despre orice. Speculează!"

10.

Un soare strălucitor se revarsă drăgălaş peste mugurii abia iviţi din albul zăpezii. Culori calde şi reci îşi dezvăluie frumuseţea într-o feerie liniştitoare şi deasupra a tot şi toate se află o nouă perspectivă. Un alt muguraş va înflori.

*

Într-o bună zi îmi voi aduna toate visele într-o cutie şi voi pleca foarte departe. Niciunde ar părea un loc suficient de bun, mă gândesc eu.

*

O privire stranie mă ţintuieşte de undeva din marginea universului.

*

O femeie sărmană, îmbrobodită toată, dă cu sârg, în stânga şi în dreapta zăpada troienită, la primele ore ale dimineţii. O privesc cu un sentiment de milă prefăcută. De fapt nu îmi pasă, nimănui nu îi pasă, dar dă bine să te uiţi cu o anumită privire la oamenii sărmani, te simţi mai bine în pielea ta, te vezi mai important. Şi mai mult decât atât, eşti şi mai milos când le povesteşti colegilor şi prietenilor despre amărâta care se chinuia să dea zăpada la primele ore ale dimineţii în timp ce tu o priveai de la fereastră savurându-ţi în linişte şi confort cafeaua. Te simţi important şi milostiv. Ceilalţi ţi se alătură în această paradă deşănţată, unii povestind o istorie similară, alţii mai putin "norocoşi" doar ascultând şi aprobând cu nişte feţe extrem de afectate "mila" de care dai tu dovadă.

Concluzia generală este că eşti o persoană foarte miloasă.

Pe ce se bazează această concluzie?

Eu am stat în casa mea, la fereastră, în timp ce îmi savuram cafeaua şi am privit cum o femeie amărâtă şi zgribulită.Toată înfofolită, trăgea de o lopată imensă încărcată cu zăpadă, când la stânga, când la dreapta. Apoi, am mers liniştit în cercul meu de cunoştinţe şi le-am povestit, foarte pătruns şi afectat, ceea ce am văzut. Şi asta mi-a dat titlul de persoană milostivă. Nu am mişcat un deget în sprijinul acelei femei, nu am ieşit să o ajut în vreun fel, nu i-am dus măcar o cană cu ceai sau o cafea fierbinte, ca şi cea din care eu sorbeam cu atâta plăcere. Nu am făcut nimic din toate astea, doar am privit şi apoi am povestit ceea ce am văzut.

Ori, asta mă face un bun observator, un bun narator, nicidecum o persoană milostivă. Dar nimeni nu va spune asta, nimeni nu va gândi asta. Pentru simplul motiv că a gândi în acest mod te transformă, dacă îmi vei spune mie că nu are nici o legătură cu mila toată povestea asta, îţi vei spune şi ţie în acelaşi timp. Ori tu vrei să fi catalogat drept o persoană miloasă pentru că vecina de la cinci şi-a rupt o unghie şi plânge, iar tu eşti total pătruns de plânsul ei real şi de suferinţa ei profundă "mi-a fost aşa milă de ea, sărmana, dacă o vedeai cum plângea" şi astfel eşti catalogat drept o persoană milostivă. Nu contează motivul pentru care plângea, nu contează nici faptul că eu nu am făcut absolut nimic pentru femeia din zăpadă, că nu i-am oferit nimic, amândoi suntem foarte milostivi. De ce?

Pentru că asta e convenţia socială, asta e lumea în care trăim şi căreia îi aparţinem. Dacă eu îţi spun ţie că eşti un ipocrit, mă văd silit să recunosc că şi eu sunt la fel de ipocrit ca şi tine. Mă văd obligat de fapte să recunosc faţă de mine că nu am nici un pic de milă, mai mult decât atât sunt o creatură de slabă valoare care pune mai presus de orice confortul personal şi care nu ar face nimic în defavoarea propriului confort, nici măcar o clipă din viaţa sa. Ori, un asemenea raţionament, nu se compară cu ideea de milostenie. Un asemenea raţionament mă va conduce pe un drum pe care nu vreau să apuc, un drum al schimbării, un drum pe care trebuie să fac ceva realmente pentru cel de lângă mine. Eu nu vreau asta, dacă aş fi vrut, aş fi făcut de la început şi această discuţie nu ar mai fi avut loc. V-aş fi spus o altă poveste.

11.

Furia. Un sentiment întunecat, încărcat cu toate neputinţele omeneşti şi toate nemulţumirile personale, pe care le proiectez asupra celor din jur. Tot ceea ce este în afara mea este vinovat pentru tot ceea ce nu este în interiorul meu. Neputinţa mea, pe care nu sunt capabil să o accept se transformă şi se proiectează asupra celorlalţi. Ceilalţi devin ţinta mea pentru tot ce nu îmi place la mine. Dacă m-aş opri o clipă din această campanie de demolare a tuturor celor din afara mea, aş putea vedea cine este de fapt cauza tuturor neajunsurilor mele. Eu, eu sunt singurul care nu are suficientă grijă de mine, eu sunt singurul care nu ascult nimic din ceea ce am de spus. Eu sunt singurul care nu primeşte nimic din ceea ce am de oferit. Eu sunt singurul care mă mint, singurul care nu caută răspunsuri la propriile întrebări, care nici măcar nu se întreabă. Eu sunt singurul care nu crede în mine. Eu sunt singurul care nu mă ascultă. Eu sunt singurul care nu mă respectă.

Căutând să îi restricţionez pe cei din jurul meu, nu fac altceva decât să mă restricţionez pe mine. Ce motiv aş avea să mă restricţionez? Ce anume nu îmi place la mine? Ce motiv am să mă pedepsesc? Cu ce am greşit faţă de mine?

Toate aceste întrebări îmi pot răsări în minte doar dacă mă opresc şi mă privesc, dacă îmi acord puţin timp să mă aud.

Suntem prinşi în tipare construite de noi sau de cei din jurul nostru şi astfel ceea ce catalogăm drept gânduri şi idei, poate chiar noi, nu sunt decât altă formă de manifestare a aceluiaşi concept deja stabilit şi foarte bine înrădăcinat, pe care l-am acceptat ca fiind corect.

Prejudecăţile sunt o formă de manifestare a acestui concept, o abordare foarte uşor de identificat. În momentul în care îmi ridic vocea hotărât să impun o regulă este bine să mă opresc pentru o clipă şi să mă întreb de ce vreau să fie aşa cum spun eu? Pentru că aşa a fost mereu. Acum nu am dat un răspuns, ci am repetat ceva ce am fost învăţat să spun. Dar mă opresc din nou şi mă întreb "de ce a fost aşa mereu?" şi îmi ascult propriul răspuns. În cele mai multe situaţii nu există nici un răspuns, doar ridic neştiutor şi neputincios din umeri şi spun "aşa a fost şi lucrurile au mers bine, deci vom face aşa pentru că aşa este bine". Acesta nu este un răspuns, nu este o explicaţie, este doar o repetiţie. Repet ceea ce mi-au spus alţii şi fac ceea ce au făcut alţii pentru că aşa mi s-a spus că este bine. Dar există posibilitatea ca ceea ce impun să nu mi se potrivească mie, să nu fie bine pentru mine, să îmi creeze neajunsuri sau un real disconfort. Şi atunci ce voi face? Ce au făcut şi alţii, pentru ca ei au ştiut ce fac, deşi nu au ştiut nici ei să explice de ce fac ceea ce fac, ci au fost învăţaţi de alţii şi tot aşa.

Ce voi face eu în momentul în care constat că ceea ce am cerut, ca şi cei dinaintea mea, de fapt nu îmi face bine?

Voi suporta, "mă sacrific", pentru că este normal să te "sacrifici" pentru familie şi bunăstarea celor dragi. Faptul că cei apropiaţi nu au cerut asta niciodată nu are nici o importanţă pentru tine, tu ai făcut tot ceea ce era mai bine pentru ei, nu contează că nu le este bine, nu are nici o importanţă că nu îţi este bine nici ţie, faptul că nimeni nu ţi-a cerut asta este irelevant şi nici nu poate fi adus în discuţie aspectul conform căruia ceilalţi au încercat să schimbe sau să combată acţiunea impusă de tine. "Aşa a fost mereu, aşa este bine şi trebuie să facem sacrificii".

12.

Am cunoscut cu mult timp în urmă un tânăr, nici prea, prea, nici foarte, foarte.

Un tânăr înalt, şaten, cu ochi căprui, având un aspect plăcut, îngrijit, care era mereu atent să fie politicos cu toată lumea, să vorbească politicos, să se poarte civilizat în orice împrejurare. La prima vedere promitea, un tânăr de valoare pentru societate.

Eram într-o călătorie şi mai aveam foarte mult de mers până la destinaţie, astfel încât, pentru a scăpa de plictiseală am intrat în vorbă cu el. Şi uşor, uşor am prins firul unei conversaţii. Vorbea frumos şi avea o voce oarecum monotonă. Acest mic detaliu mi-a atras atenţia şi am început să îl studiez cu atenţie şi să deschid tot felul de "porţi" spre subiecte oarecum mai incomode. Depăşisem stadiul discuţiilor despre vreme şi îmi spusese că pleaca din ţară pentru mult timp. Ce omisese să îmi spună, în mod deliberat, după expresia feţei şi scurtul moment de ezitare, fusese motivul. În momentul în care oricine ar fi venit tumultuos cu motivul pentru care luase o astfel de decizie tânărul nostru îşi întoarse privitea se încruntă şi îşi strânse compulsiv pumnii pentru o secundă. Apoi reveni la expresia jovială relaxată pe care o avusese până atunci. Am vorbit şi am tot vorbit. I-am spus că sunt puţini tineri care să merite încredere în ziua de azi şi că marea majoritate sunt haotici şi dezorganizaţi. A fost întru totul de acord cu mine, chiar a plusat pe subiect şi mi-a vorbit de nişte prieteni sau oameni pe care îi cunoştea şi cu care mai vorbea din când în când din dorinţa de a fi la curent cu "partea cealaltă", care duceau o viaţă dezorganizată şi pe care nu îi vedea bine în viitor, nu îşi putea imagina cum vor trăi acei oameni, pentru el era clar că vor ajunge nişte "scursori ale societăţii" pe care el şi cei puţini ca el ar fi trebuit "să îi ducă în spate". De aici mi-a ţinut o întreagă prelegere despre rata inflaţiei, economie, salarii şi care este efectul şomajului asupra salariaţilor. Nu mă interesa subiectul şi într-un alt context aş fi încheiat dezbaterea pe această temă cu foarte mare uşurinţă şi aş fi preferat să admir peisajul dacă interlocutorul nu ar fi avut altceva de povestit. În schimb, mă interesa acel tânăr şi pe măsură ce vorbea eram din ce în ce mai intrigat, tot ceea ce spunea nu era normal pentru o persoană de vârsta lui, îmi era clar că această prelegere era o lecţie bine introdusă în mintea lui, dar începeam să îl văd şi dincolo de aspectul exterior. Pe măsură ce vorbea se relaxa şi spre deosebire de un om care se destinde, îşi întinde picioarele sau gesticulează mai mult sau mai larg, vorbeşte mai tare sau mai încet pe masură ce se relaxează, în cazul acestui tânăr cu aspect îngrijit şi cuvinte frumos aşezate, am simţit cum o tensiune aproape dureroasă îl apasă, începuse să îşi strângă pumnii din ce în ce mai tare şi îşi freca mâinile una de alta din ce în ce mai des. Mi-am spus "posibil nevrotic". L-am ascultat în linişte şi aprobând uneori, alteori zâmbind înţelegător sau conspirativ, ceea ce l-a îndemnat să vorbească mai departe.

Pe măsură ce vorbea îmi era mai clar că în faţa mea erau două persoane, fizic un tânăr nici prea-prea, nici foarte-foarte, iar din gura acestui tânăr ieşeau cuvintele şi ideile unei persoane între două vârste, o persoană limitată şi foarte frustrată. Acest tânăr era o victimă, victima propriilor săi părinţi, fără identitate, fără scop şi de fapt, el era cel fără nici un fel de perspective.

În momentul în care a început să vorbească despre economie şi pierderile în industrie, l-am întrebat "Tu ce vrei să faci cu viaţa ta?". Fără a se opri, fără a fi întrerupt sau descumpănit de întrebarea mea atât de personală, mi-a răspuns foarte mândru de el că vroia să fie inginer într-o fabrică mare. "Vroia", folosise timpul trecut. Mi-am notat şi acest detaliu în minte. Am început să vorbim despre zonele de deal şi păşune, pentru că tocmai treceam pe lângă o păşune superbă.

Privind splendidul verde al păşunii, am remarcat nişte flori mici şi albastre, erau atât de frumoase şi creeau o pată de culoare atat de calmă şi reconfortantă pentru ochi. I-am arătat şi tânărului florile, plin de încântare. În loc să fie sau măcar să pară delectat de privelişte, şi spun să pară, pentru că era politicos şi făcea afirmaţii amabile, din complezenţă. Tânărul se încruntă şi întoarse privirea, ca şi cum acele flori ar fi fost un cărbune încins în ochii lui. Am ridicat o sprânceană, încântat de mine şi ideea care îmi veni în acel moment, tânărul nostru era îndrăgostit fără speranţă. Am zâmbit scurt, dar mi-am acoperit repede acest zâmbet, pentru că nu era politicos. Deci, tânărul nostru foarte bine educat şi cu lecţiile bine făcute, găsise ceea ce îi trebuia pentru a se căuta pe sine. Fără să spun nimic am lăudat acea fată care ar fi putu să îi atragă atenţia şi să obţină un asemenea efect.

Deci, fetei îi plăceau florile albastre şi spaţiile deschise, era o visătoare, tot ceea ce nu era el.

Tânărul a trecut cu foarte mare viteză la un alt subiect, făcând o remarcă scurtă şi politicoasă vis-a-vis de flori. Ceea ce era de aşteptat din partea lui, iar el ştia că trebuie să răspundă corespunzător "aşteptărilor celorlalţi". Apoi a continuat, ca şi cum şi-ar fi continuat cu voce tare firul gândurilor. "Tot ceea ce ne înconjoară a fost creat de Dumnezeu pentru beneficiul nostru, al oamenilor, dar nu avem voie să ne desfătăm şi o bucurie prea mare este semn de desfrâu."

Am fost pentru o clipă surprins, cred că am deschis gura şi apoi am închis-o fără să pot articula nici un cuvânt, nici măcar un sunet nu a vrut să îmi părăsească corzile vocale. Observându-mi surpriza a continuat "aşa spune Biblia".

Pentru că nu ştiam ce să spun, nu pentru că nu aş fi avut o replică corespunzătoare unei asemenea afirmaţii, ci pentru că nu mă aşteptam la o asemenea afirmaţie din partea tânărului din faţa mea. Am întrebat încurcat "ai citit Biblia?". "Sigur ca da", răspunse tânărul, foarte mândru de el. "Nu ar trebui să o citim şi să ştim toţi ce scrie în ea? Până la urmă este cartea noastră de căpătâi şi este scrisă de Dumnezeu însuşi. Asta le spun şi celor de vârsta mea, ar trebui să citească şi să ştie Biblia, să ştie ce pedeapsă primesc cei desfrânaţi, aţi văzut cum a pedepsit Dumnezeu Sodoma si Gomora. Aţi citit Biblia, nu-i aşa?"

"Mulţi veniţi, puţini aleşi!", am gândit. Ceea ce până atunci fusese siguranţă de sine, păli în faţa expresiei şi fermităţii sale de acum.

Prea multe informaţii, aveam nevoie de timp pentru a înţelege ceea ce tocmai văzusem şi auzisem. Astfel încât, am început să vorbesc vag despre familia mea, nu tocmai despre familia mea, dar ceva care aducea oarecum cu familia mea. Tânărul a început la rândul lui să povestească despre familia lui şi astfel am aflat că provenea dintr-o familie înstărită, de intelectuali, clasa de mijloc. "Dar într-o bună zi vei avea şi tu o familie a ta, nu-i aşa?", l-am întrebat în timp ce povestea foarte elogios despre tatăl lui. "Sigur că da", îmi răspunse fără nici o ezitare.

Mintea mea procesa informaţiile acumulate şi dezamăgit, ajunsei la concluzia că interlocutorul meu nu fusese niciodată îndrăgostit, nu avea nici cea mai vagă idee ce este iubirea, îşi iubea părinţii, după felul în care vorbea despre ei, dar nu eram sigur, privirea îi era la fel de puţin expresivă ca şi în restul timpului. Singurele momente în care îi apăruseră scântei în priviri au fost acele fracţiuni de încrâncenare, aproape imperceptibile.

Tânărul ieşi puţin din compartiment. În acest scurt răgaz, o doamnă în vârstă care era prezentă de o vreme în compartiment, dar care nu luase parte la discuţie, doar ascultase; se întoarse spre mine şi plină de entuziasm exclamă "Ce tânăr deosebit! O încântare să vă ascult. A fost cea mai plăcută călătorie pe care am făcut-o în ultimul timp." I-am zâmbit politicos doamnei şi am constatat cu usoară surprindere că, deşi a fost într-o ipostază pasivă, observând fără a se implica direct în conversaţie, doamna pierduse din vedere toate detaliile pe care eu le contorizam cu atât de mare atenţie, pentru a descifra puzzle-ul pe care îl reprezenta acest tânăr pentru mine. Simţeam, intuiam, acum deja aveam suficiente informaţii să pot spune "ştiam" că ceva nu era aşa cum părea, că avea ceva de ascuns şi îmi doream foarte mult să aflu ce. Măcar să am câteva indicii.

Tânărul reveni în compartiment şi doamna continuă să vorbească, de data asta adresându-se tânărului. "Tocmai îi spuneam domnului ce tânăr elevat şi plăcut sunteţi. Mi-aş dori să fie mai mulţi ca dumneavoastră, tinere domn." Tânărul plin de încântare se înclină în faţa doamnei şi îi mulţumi. Mi se păru puţin exagerat şi oarecum medieval gestul său. Dar în linii mari îmi plăcuse, astfel încât îi adresai şi eu un zâmbet.

Cocheta doamnă se uită pe fereastră şi nostalgic spuse "Acum va trebui să cobor, păcat, aş fi vrut să vă mai ascult conversaţia" şi cu un oftat uşor se ridică şi începu să se pregatească pentru a coborâ la staţia de care ne apropiam cu mare viteză. Trenul se opri cu un scârâit de roţi şi doamna salutând ieşi din compartiment, trecând pe lângă fereastra la care stateam în foarte scurt timp. Trenul se puse în mişcare şi porni mai departe. În compartiment eram numai noi doi acum. Era momentul să îmi potolesc curiozitatea, dar în acelaşi timp eram nevoit să fiu atent pentru a nu îi face rău tânărului din faţa mea.

Am afişat o faţă nostalgică şi am spus "Parcă ar fi fost un ţipăt de fecioară muribundă acel scârâit de roţi". Apoi mi-am întors privirea spre interlocutorul meu cu intenţia de a continua în aceeaşi notă nostalgic-visătoare. Numai că nu a mai fost nevoie, ochii mei au întâlnit ochii tânărului, care ardeau şi cu o voce sugrumată m-a întrebat "De ce aţi spus asta?". Încurcat i-am spus că a fost o metaforă, dar cuvintele mele nu au avut un impact remarcabil, tânărul rămase cu privirea ţintuită la canapeaua goală din faţa sa.

Asta a fost, mi-am spus eu. Nu vom mai avea nici o conversaţie până când cobor şi în acel moment mi-am dat seama că nu ştiam unde va coborâ tânărul de lângă mine. Deja nu mai conta, nu aveam de gând să îl întreb. Făcusem o ispravă nemaipomenită. Clar ascundea ceva şi era ceva dureros. Toţi avem dreptul să ascundem ceva, mi-am spus cuibărindu-mă mai bine pe locul meu şi privind pe fereastră în liniştea porpriilor mele gânduri. Tăcerea se aşternu în compartiment şi lumina plăcută a acelei zile mă cuprinse uşor ca într-o mantie călduţă şi confortabilă. Visarea mă strânse în braţele sale şi pluteam pe norişorul meu pufos, aşa cum făceam de atâtea ori, lăsând în urmă negura altor vieţi care se încrâncenau în întunecimea şi suferinţa lor.

Dintr-o dată, fără nici un avertisment, aud vocea tânărului, răguşită şi nesigură. "Aveţi idee de ce merg în Siberia?"

Am simtit cum cad de pe norişorul meu, cu o bufnitură, pe podea şi tresărind, m-am întors spre tânăr "Nu. Pentru că nu mi-ai spus, dar aş fi încântat dacă mi-ai face onoarea de a îmi împărtăşi acest scop." Prea multe cuvinte, folosisem prea multe cuvinte. Cu respiraţia tăiată aşteptam reacţia tânărului. Îmi va împărtăşi marele lui secret? Şi apoi ce să caute el acolo? Cât e lumea asta de mare nu se putea duce în altă parte? Aşteptam...

Cu capul plecat, gârbovit parcă de o povară mult mai mare decât umerii săi laţi, tânărul îşi prinse capul între mâini şi începu să vorbească, încet, aproape şoptit. "Am auzit că e bine pentru minte şi suflet să vorbeşti cu un necunoscut în tren." Nu am scos nici un sunet, doar am dat aprobator din cap. A continuat "am vorbit până acum şi îmi păreţi un om deschis la minte şi cu frica lui Dumnezeu". În mintea mea nu se puteau asocia cele două noţiuni, dar am tăcut. Ascultând mai departe. "Am crescut într-o familie bună şi ştiu că am datoria de a avea şi eu o familie bună la rândul meu, am datoria de a îngriji şi creşte viitorul ţării, aşa cum a făcut şi tatăl meu înaintea mea şi am datoria de a îmi găsi o soţie de familie bună şi ascultătoare." Făcu o pauză. Primul impuls a fost să îi spun că nu are nici o datorie faţă de nimeni, ci singura lui datorie era faţă de sine, să trăiască, să își construiască o viaţă aşa cum i se potriveşte lui, să iubeascăşi să dea viaţă din iubire, dar am tăcut, dornic să ascult mai departe şi cu un sentiment pregnant că oricum nu ar fi auzit sau înţeles nimic din toate astea. Fusese mult prea îndoctrinat. Am ales să ascult şi cu o uşoară aplecare a trunchiului i-am dat de înţeles că sunt atent la tot ce spune şi l-am încurajat să continue în acelaşi timp. Asta a şi făcut "vă amintiţi că vă spuneam mai devreme despre acei tineri de o morală îndoielnică pe care îi cunoşteam, printre ei se număra şi o femeie, mi s-a părut diferită de ceilalţi. Am încercat să o ajut, să o sfătiuesc ce e bine pentru ea, să o îndrept pe calea cea bună. Îmi plăcea să vorbesc cu ea, simţeam că mă înţelege şi că mă ascultă cu adevărat, era atât de atentă. Nu cu mine, în mod special, era atentă cu toţi, să nu rănească, să nu fie cineva nedreptăţit să nu aibă cineva de suferit. Îi plăceau foarte mult florile. Culoarea ei preferată era albastrul." Deci, intuisem bine. În continuare ascultam fără a scoate nici un sunet. "Eram din ce în ce mai atras de ea, aveam din ce în ce mai mare nevoie să fiu în preajma ei. Vocea ei mă liniştea, cuvintele ei îmi aduceau confort. Am început să o visez noaptea, ceea ce era anormal. Ea nu avea loc în viaţa mea, nu era femeia potrivită pentru mine. Trebuia să mă îndepărtez de ea. Să găsesc o bună creştină cu care să îmi întemeiez o familie. Am încercat, dar o forţă anormală mă întorcea la ea de fiecare dată. Ceva nu era în regulă. Eu nu eram aşa. Ceea ce se întampla era rău. O forţa malefică gravita în jurul acelei femei care mă atrăgea cu vocea ei guturală şi cuvintele ei mieroase. Nu am îndrăznit să spun nimic nimănui, dar îmi era clar că era o creatură demonică." Ascultam din ce în ce mai intrigat. Îmi venea să îl iau de umeri, să îl scutur şi să îi strig că nu era nimic anormal, ci doar se îndrăgostise de o femeie blândă şi puţin rebelă, iar cel mai bun lucru pe care îl avea de făcut acum era să coboare din tren, să ia primul tren înapoi şi să se ducă direct la ea. Nu am făcut asta, am preferat să ascult confesiunea lui în tăcere. Şi a continuat. "Într-o zi m-am dus la ea, hotărât să aflu adevărul şi să o pun în faţa răului pe care ştiam că mi-l făcea. Eram hotărât să nu cedez falsităţii ei şi să o fac să recunoască adevărul. Am intrat în casa ei, într-o cameră mare, luminoasă, în care mai fusesem de nenumarate ori. Ea stătea pe un fotoliu, într-o letargie somnolentă cu o ceaşcă de cafea lângă ea. Se uită visătoare în fundul ceştii. În acel moment, la vederea acelei privelişti amăgitoare o furie nestăvilită m-a cuprins, am lovit-o fără să ştiu măcar ce fac. Era o vrăjitoare şi lumea trebuia curăţată de asemena rele. I-am simţit toată viaţa cum se scurge în mâinile mele. Am învelit-o într-un şal imens care era pe fotoliul în care stătuse ea, am luat-o în braţe şi am plecat cu ea spre mlaştina din apropiera oraşului. Era singurul mormânt pe care o asemenea creatură malefică îl merita."

Îl priveam înmărmurit, cu ochii ieşiti din orbite. Roţile trenului au scârţâit şi m-am ridicat mecanic. Venise vremea să cobor. În acel moment tânărul ridică spre mine capul şi cu ochii împăienjeniţi de lacrimi îmi spuse "Acum înţelegi de ce merg în Siberia."

Mi-am luat pălăria şi valiza şi cu un zâmbet am ieşit din vagon şi am coborât din tren.

Aveam nevoie de aer şi curăţenia aerului din gară mi-a făcut foarte bine. Am pornit la drum fără nici un gând, pe drumul pietruit. Fără să analizez, fără să simt, amorţit. Privind caldarâmul pe care păşeam şi cu un zumzet ameţitor în minte şi în urechi.

13.

Cine eşti tu? Cine sunt eu? Cine ar trebui să fi tu? Cine ar trebui să fiu eu?

O lumină caldă şi blândă învăluie ceaţa nesfârşită dintre paralelismul lumilor noastre.

Lumea mea, lumea ta, universuri paralele pe care un întreg conglomerat cuantic le desparte. O mare de speranţe se aşterne între ele şi în nemăsurata sa splendoare încearcă să creeze un pod nevăzut, care să asigure o oarecare transcendenţă a propriei fiinţe.

Măsura nemăsurată a unor amintiri neîntâmplate până acum îţi dă curajul să priveşti în zare şi în marea ta umilinţă să vezi marea de speranţe, dar nu vei avea curajul să te avânţi în necunoscut, o cale mai uşoară nu există şi pentru tine dimensiunea infinitului este o cifră mult prea mare pentru a putea fi cuantificată, astfel încât te vei rezuma la admiraţia splendorii unui ţărm pe care îl vei admira tot restul vieţii tale, dar pe care nu vei fi capabil să îl depăşeşti niciodată graţie propriilor tale limitări. "Nu pot. Nu este pentru mine. E prea mult. E prea departe. Nu pot ţinti aşa de sus. Nu voi reuşi niciodată. Nu este nevoie să depăşesc confortul zilei de azi. Nu vreau să plec pentru că ştiu că nu mă voi mai întoarce." Sună cunoscut?

Te-ai auzit vreodată spunându-ţi ţie însuţi asemenea afirmaţii?

Spune-mi...ai trecut vreodată dincolo de ele? Ai încercat vreodată să transformi aceste afirmaţii în întrebări şi să le dai un răspuns?

Nu pot? Din ce motive nu pot? Ce mă reţine să încerc să prind o speranţă şi să o transform în realitate?

Nu este pentru mine? Ceea ce îmi doresc EU este în mod sigur pentru mine, pentru că este dorinţa, speranţa mea. Deci, în mod sigur este pentru mine.

E prea mult? Cum ar putea fi prea mult o dorinţă care îmi aduce creştere, noi informaţii despre mine, despre lumea din afara mea, despre tot ceea ce înseamnă viaţa şi măsura de a trăi? Sigur este ceea ce îmi trebuie acum. Ceea ce îmi lipseşte este curiozitatea, dorinţa de a reuşi, voinţa de a mă deplasa dincolo de falsul confort a zilei de azi, nevoia de mai mult şi mai bine.

E prea departe? Cât de departe este departe? Şi cât de aproape este aproape? Cine stabileşte care este dimensiunea pe care ţi-o poţi permite unde este limita şi până unde ai dreptul să mergi?

Coordonatele fizice sunt irelevante, poţi parcurge mii de kilometri în două trei ore şi sute de metri în acelaşi interval de timp, deci totul se rezumă la mijlocul de transport pe care îl foloseşti. Şi în acest context, cum poate fi o speranţă a TA prea departe de tine, astfel încat să fi sigur că nu o poţi atinge?

Nu pot ţinti aşa de sus? Ce m-ar opri? Ce mă împinge să cred că ceea ce îmi trebuie mie este prea sus pentru mine?

Întreabă-te. Pune tot ce gândeşti sub semnul îndoielii şi caută răspunsuri la propriile tale întrebări şi apoi transformă acele răspunsuri în întrebări şi dă raspuns la noile întrebări. Caută, găseşte, caută din nou şi identifica-te cu fiecare pas pe care îl faci în căutările tale. În acest fel vei găsi ceea ce cauţi, astfel vei avea ceea ce ţi-ai dorit şi fără ca măcar să şti când s-a întâmplat aste vei privi în jurul tău şi vei vedea că eşti deja înconjurat de o mare multicolară şi frenetică, uneori prietenoasă, alteori ostilă. Vei vedea că în fiecare moment îmbraci o altă haină, uneori mai bogată, alteori mai ponosită. Dar, vei fi la cârma propriei tale corăbii care deja a străbătut distanţe mari peste marea de speranţe şi deja ai un jurnal de bord încărcat cu peripeţii şi aventuri ale apelor pe care deja le-ai străbătut.

Este viaţa TA şi ceea ce alegi indiferent dacă tu îţi spui că alegi pentru alţii, în final ai ales pentru tine, pentru că numai tu poţi ţine în mână jurnalul tău de bord.

Când vei scrie ultimul capitol vei şti că a fost viaţa ta. Însă până acolo ce vei scrie?

Câte personaje au populat povestea ta? Cât de multe amintiri ai adunat în timpul pe care l-ai străbătut între veşnicie şi acum.

Dar mai apoi, ai putea să stai confortabil pe plajă, să priveşti în zare cum valuri de speranţe vin şi pleacă, să admiri frumuseţea culorilor şi formelor care se dezvăluie îmbietor privirii tale şi să admiri ceea ce a fost dat să fie străbătut. Este alegerea ta, pentru că este viaţa ta. La final, în ultimul capitol vei şti că indiferent de tot ceea ce ţi s-a spus în fiecare zi a vieţii tale, alegera a fost mereu doar şi numai a ta. Dar privind marea de speranţe de pe o plaja calduţă şi cristalină, cu un nisip fin şi catifelat, care te îmbie, înşelător, la visare nu vei vedea nimic din toate astea decât când vei ajunge la ultimul capitol.

Unele cărţi pot fi scrise şi rescrise şi apoi scrise din nou pentru ca în următorul moment tot ceea ce conţin să fie reformulat, redimensionat şi rescris. Dar sunt alte cărţi care sunt scrise o singură dată, fără adnotări, fără reveniri asupra textului, fără modificări ale conţinutului care a fost aşternut pe hârtie. Cartea ta, cartea pe care tu o ţi în mână este o astfel de carte. În jurnalul tău de bord scrii doar o dată, o singură dată şi apoi treci la pagina următoare. Aşa e regula. Simplă, clară, implacabilă. Se numeşte viaţă.

*

Un univers nesfârşit se întinde în faţa mea. O dorinţă nestăvilită mă mână spre un alt orizont, speranţa că dincolo de acest pulsar voi găsi soluţia problemei ridicată de steaua pe care am lasat-o în urmă acun cinci secole, mă îndeamnă să merg mai departe. Extensia unei zile de acum câteva secunde îmi dă necesarul de idei pentru a continua dezbaterea pe care am început-o cu steaua polară şi în acest mod să pot expune clar şi corect conduita pe care o consider necesară şi suficientă în relaţia cu un minuscul meteorit.

Un meteorit arată şi se comportă ca un copil de cinci ani. Curios, capricios, inventiv, imaginativ şi cu mult prea puţine cunoştinţe despre lumea înconjurătoare; lipsuri pe care le compensează cu o creativitate fantastică. Cometele sunt răutăcioase, nu îmi place atitudinea lor faţă de meteoriţi. Sunt total artificiale şi superficiale. Foarte des le-am auzit spunând că meteoriţii sunt mincinoşi ceea ce nu este adevărat. Aşa cum spuneam sunt mici şi încă mai au de învăţat multe, dar au o imaginaţie bogată, astfel încât pentru a compensa ceea ce nu ştiu folosesc roadele imaginaţiei lor pentru a umple spaţiile pe care nu le-au umplut cu informaţie, dar asta nu are nici o legătură cu minciuna. Mai mult decât atât sunt foarte jucăuşi, deci pentru ei cam tot ce se întâmplă este un joc şi în acest joc sunt foarte receptivi şi învaţă extraordinar de repede. Depinde cât vrei să investeşti în ei. Pot învăţa foarte multe într-un timp foarte scurt. Pot fi foarte ascultători şi îţi oferă foarte multe bucurii în schimbul eforturilor pe care le faci pentru ei. Tot ce ai de făcut este să intri în jocul lor, să le accepţi ideea de joc şi să te joci cu ei de-a Universul.

14.

Ea, mica, neagra, vrăjitoare urâtă. Stătea pe prispa unei case de ai fi zis că-i casa ei. Dormita cu un ochi întredeschis, gata în orice clipă să împroaşte pe oricine s-ar fi apropiat de ea cu veninul cuvintelor ei mincinoase. Bine meşteşugite, de altfe, dar care aveau un singur rost, să-ţi lase o gaură în suflet. Şi dacă se întâmpla să-i cazi în plasă cu greu mai puteai scăpa şi nici un suflet nu scăpase nevătămat de cuvintele ei otrăvite; sâsâite ca un şuierat de şarpe cu clopoţei şi usturătoare ca limba unui dragon de ghiaţă. Ştia baba cum să potrivească vorbele în aşa fel încât tot ceea ce spune ea să pară purul adevăr. Şi te ameţea cu vocea ei mieroasă, încât nici nu mai gândeai că ceea ce spune nu-i adevărat. Nu-ţi trecea prin minte să te mai întrebi dacă timpul şi locul faptelor pe care şi le însuşea erau acolo şi atunci când zice ea. Mare pacoste mai era.

Şi uite aşa, cum stătea ea toropită de căldura soarelui pe prispa case, într-o zi ca oricare alta. Nimeni nu trecea pe acolo. Mai deschidea puţin un ochi, îl închidea cu un mormăit de nemulţumire, imperceptibil. Timpul trecea fără să se grăbească. Cu paşii lui măsuraţi. Nici prea repede, nici prea încet. Dar trecea.

Dinspre dimineaţă, soarele începu să bată spre amiază şi baba tot acolo era, nemişcată, cu ochii închişi, de-ai fi zis că are cel mai dulce somn posibil. Şi nimeni nu trecea, nici în sus, nici în jos. I se făcuse sete şi foame, dar cum nu trecea nimeni, nu avea cine să îi aducă de nici unele. Deja începea să o irite situaţia asta.

Cum stătea ea acolo din ce în ce mai nefericită în şederea ei, numai ce vede printre genele mijite o mogâldeaţă venind pe drum. Pe măsură ce se apropia o siluetă sfijită şi înălticuţă se profila în faţa ei, cu un păr vâlvoiat ca o claie de cânepă care sălta în sus şi în jos pe capul creaturii, de-ai fi zis că-i vreun animăluţ sălbatic.

Baba privi printre gene şi îşi aşteptă prada cu răbdare.

O altă babă... apropiindu-se şi văzând-o cum stătea pe prispă îi spuse "Rea şi veninoasă mai eşti cumătră". Baba zâmbind îi răspunse "mulţumesc asemenea şi dumitale, frumoasă zi e asta". Cotoroanţa care venea pe drum rămase pentru o clipă descumpănită şi gândi că baba ori era surdă ori proastă, oricum ştiut lucru era că nu mai era nimeni aşa deştept cum se credea ea.

*

Acum priveşte-te în oglindă şi întreabă-te cine eşti? Cine vrei să fii?

Cele două bătrâne care vor începe un conflict interminabil, doar pentru a-şi demonstra care este mai vicleană decât cealaltă? Naufragiatul care priveşte zadarnic marea de speranţe? Tânărul promiţător din tren? Falsul milostiv? Rătăcitorul printre stele? Femeia neobservată din benzinărie? Lupul? Soldatul? Comandantul?

Cine eşti? Cine vrei să fii?

Sau poate vrei să fii tu însuţi.

Ce îţi doreşti cu adevărat?